意識―死

鈴江栄治

思潮社

frontispis : 21x29.7 cm, crayon sur papier, 2023, impression en offset de photo, Eiji Suzue

couverture : 21x29.7 cm, crayon sur papier, 2023, impression en offset de photo, Eiji Suzue

“à la mort (de la conscience)”

目次

著者自装

意識—死

白日

陽射しに　差し　向けられる　白日の　秘事を
光輝は　覆い

舞い上がる　細い埃の　煌めきの　他は　面上に
沈む

断層の　回折からの　踏み出しも　隠されて
貸与の　寂寥

齎されるものが　碑文の　碑文　自身の　豊穣の
変容を

引き　寄せる
放ちに　向かう　行く先を指して　浸出してくる

8 9

一葉

一枚の　木の葉の　遠さ

緑銀に　鎮まっている　相貌の

灌木の　葉の　縁《へり》の　車輪が　駆けている

火輪となって　急ぐ

墜ちてゆく　場所を　忌避する　ためと
言うのか

芯から　炎《も》えてくる　朝の　斜面に
顕れない

自足と　矜持の　遠くに

見るものは　所持から　限りなく　逃れる
遥かにも　遠退く　丘辺に　潜む
あなたの　無限遠の　碑
窓が　寄る　調度の　縁から　炎え　上る
放たれる　曙光を　突き　駆けてゆく
歴史から　遁れる　哄笑の
遠さの　あなたの　きらめきに　遡り
同化する
その　危機に　充ちる　契りに

黄金に　照る　睡りを　渉る
横たえられて　荒涼の　夢の　施線に
雫する　永遠を　養う

鼓動が　打つ　復される　ものとして
比《ひ》に　割《さ》かれ　どの部位も
流失しえない

所在なく　捉えられて　復　還される
不壊の　無限を
溢流しない　分割に　四散する

それぞれに　身を　消すと　見えても
逸しえない　秘められた
器の　比の　呼応の

12 13

内に射す　組織に　安らえる
その　覚醒の　緋衣　ま昼の
竟には　授受が　充ちる　域に　沿う

花状の渦流

贈られてあることに　触れる　花の輪郭の　一度《ひとたび》の
渦流は　やわらかく　推し　出されてきた
顕つために　遠離が示す　未だ　了解に　至らない
仮に　記されている　その息吹は　追尾に　証《しるし》を
侵食され　つづける（まことに　その天賦は　彼の
ものではない）
無限に　あふれる　品格の　微笑の　根源を　明るみ
さし示される　空虚の重なる　豊穣の
飛沫は　港に　あるいは　河岸に　上ろうとする

至高に　統べられる　その　受容に　さし出される

曲率

湾曲の洞《うろ》の　曲率が　やわらかい　そのものへと
触れない　方途に

内腔が　採られ　狭い　容積に　浮かび　宙空に
運ばれる　授受を

包み　浮遊させる　ひとときを　無償に　張り
巡らされて　いることを

察せられる　畏れという　充填が　なくて　あり
得るだろうか

その　穹窿に　顕れる　薄層の　重なり　のみに
支えられる　硬質を　得る

過程は　波が　港湾を　徐《しず》かに　抉る　時　より

遥かに　永い

寄る辺もなく　そこに　内寸を　測る　揺れる
黎明も　幾たびも　滅び

光年の　とある一点に　予めのものとして　臨む
仰角と　俯角の

消失点を　探る　そこに　無量の　針の　浮かぶ
見る　という　華やぎが　来る

塞く

拾っている　指の　慄きは　深い淵の　底辺《そこべ》のない
裂傷に　開いている
風雨が　渡っているのだ　この先の
集うものを　微塵にも　砕く　際限のない　そのことに
為しうるという　いくつかの　授けも
伝えようと　している
その渦流の　ひとつを　腑分けする
治めるために　添える　場所は　あぶり　出されて
統べようもなく　まとう　傾斜の　溢流を　塞く

朝光

祝福は　朝の器物の　縁まで　及ぶ
耀わせてくる　小禽たちの　気息
覆いもの（空虚）を　縫いとる　囀り
惰眠を打つ　原初の　微少な　不整脈を
指して　飛び立つ
脚許の　気層への　促し
充溢に　舞い発つ　際《きわ》への　濁流の
滞留
翼下に　抱かれ　開けてゆく　卓上に
充ち　鳴る

野に　成しうる　なべてのこと　器の
周縁へと　隠されている

今　黎明の　窓辺を　過ぎる　人

鳥の　一羽
発とうとし　身動ぐ　朝光《ちょうこう》を　着て

冷気の　火が　袖下に　纏われている

携えている　書物の中の　火種

（港に　一斉の　出航を待つ　船舶

文脈は　至高の出会いを　探りあてる

紙片

部屋の　調度の　抽斗に　差しかかる
陽差しが　開けようとする
指では　ないので　叶わぬことだ
微動も　なく　閉じられている
収めた者が　記憶する　永く　展け
られない　紙片に
書かれたのは　同意であったか
或いは　ひとつの　指示であったか
色褪せる　歳月の　浸透に　文字を

音もなく　容れている
通過者は　明るみに　浸されて　いる
戸外の　樹影が　高窓に　過《よ》ぎる
日脚は　静閑に　開《ひらき》へと　無益に
上ってゆく
きらめきは　湖面の　映えか　紙面に
届いている　けれども
先にも　それを　確かめる　者は　ない

蜜蜂の　午后

波が　波を　脱ぎ　煌めきだけが　寄せている
重さを　限りなく失う

授けられてある
果実は　熟れ　その時も　速やかに　過ぎる

卓に　語った　息は　音声《こえ》を　纏い　ひと時
招くものを　気遣い

ひと口の　食餌　来るものに
触れる　指先に　広大な　空隙が　生まれる

光陰の　表裏に　星々の　祝祭を　覗き見る
ひと組の　双眸の

宇宙の　祭壇　震えている　蜜蜂の　羽根の

ひとつに　その午が

敬意

垂直に　醒める　血みどろの　直立の
光彩は　信じられないだろう
実体もなく　床上の　宙空に　掛け
られた　ものでもない
ありえないことだ　揚力を　生まず
直立に　浮遊する　仮に　光―柱《こうちゅう》
あるいは　加えて　歩を　浮き
進めると　すれば　ただし

遮光を　まとう　故　　見られる
ことはない　　歩を　運ぶ　とすれば
それは　貸与を　由来として
宇宙の　ひとときの　消滅の　経過
すさまじい　秘匿への　敬意に　添う

雲間の草花

滔々と　流れ下る　削ぎ落とされて　ゆく
佇む　足許から　崖下《がいか》へと

ひそやかに　脱ぐ　陽と　ともに　青褪め
ている　雲間の　草花《そうか》も

暴かれている　秘匿の　凡て
甘味な　味わいを　喉に　それが　招く

ものであったと
寥々と　遮る　ものもない　透過の　獄

授けられて　あったもの　それは　如何様
に見ようとも

ありとある　祝辞の　限り　この秘事
雪崩　落ちて　ゆくものを　遡行し

駆け上がって　来る
そして　行く　弔われる　裸身の　香り
ひと度は　立ち寄った　だろうか　途次
その　湖岸より　離れ出る

（知らない）

（知らない）
笑い　戯れる　さざめく　声は

覚えもない　声音《こわね》　無縁な　ことだ
華やぎへ

会話と思しき　高鳴りへ　充ちる
時にも

傍に　臨まれてくる　鼓動　どこの
朱に

醒めているか　深淵の　痛みの　面

幾たびか　死者を　谷へと　葬送《おく》る
径《みち》を　行った

どのように　乖離する　昼に　干く
果実に

窓に　来る　方位の　重なる　陰に
了ることを　至高へと　掬い　捧げ
辞しうるか

与されない　日向の淵に　吸われて
いる

知らされようのない　そのことに
持されている

無益な　ことだ　浸される　遍在の
弔意のことも

隣接

陽　諸共に　削ぎ落とされて　ゆく
暫しは　纏う

落花も　混じる　はるかな　下方を
捲きあがる

空虚の　風が　発つのか
そのものの　急な　斜面の　歩みは
時おり　昇る様《さま》の　捩れる
明るみに　照らされる　天空の
耳底の　声の　痕跡は　残らない
透徹する

葬送の　落流がつくる

空も　速やかに　抱き　とめられて
対話の門扉を　さらに脱ぐ
その時は　すでに　遅く　混成の
享受は　厳かに　微かに　剝離に
開けてゆく　隣接を

浮く

揺れる　舫の下に　瞑む　陽　が
索く　楔を　しずめる　底も　無く
充たす　促しに　溶融　している
無風で　あっても　波　打たれる
とおい　馴染みの　ひとつに　重なり
歩む　纏う　皮膜の　下層　深く
撓ませる　打ち　拡げられて　ある
無縁　不壊の　受容の　醒めに　浮く

屍衣

塩は　降らず　析出し　層成《な》して　積もる
踏む　足蹠の　沈み　代赭色の　陽が　眼の
窩《うろ》を　穿つ

これよりは　接して　視る　烙印の　痛みに
有《も》たれる　限りの　豊饒を　携える
足許の　陽射しに　覆われている　幾何
遥かな　戒律に　纏われている　来たものの
証に
屍衣　浸透する　陽に　織られて　遠さを
輝く　遥けさに

宙に　仄かに　明るむ　希まれた　記述の
象《かたち》を　　採って

盛衰の　レシ《récit》を　仮に　とどめて　砂塵を
渦巻かせ

差し掛かる
争いの　遅速に　捩れる　組織の　軀は

変容する
昼の　辰《ほし》の　淡い　記憶にも　如かない
携える　ものは　いない　閾《しき》に射す　薄ら
明かりを

砂地の　一輪の　菫の　花弁の　戦ぎを

葉肉が　組む

埃に　塗れる　　美しい　装幀《reliure》は　　棚奥に
眠る

纏う　齟齬までを　　誠意と　慎みは　　介入
しえたとして

その方途　故の
内奥の　　崩れる　足許に　立ち　尽くす

言葉の　孕む
滑落　　屹立の　　壁を　　ずれが　　逃走する

陽の震えに　晒されている　剝きだされた
指が　明けに　浸って

砂礫に　草々もまた　細い緑色の　立姿を
その　無風の　風に

囁きが　充ちている　　それは　聴かれる
ためのものでもない

騒めきとなり　佇ちながらに　青い　周回に
庇護　されている

すぐ傍に　昼夜にも　見られることのない
暗黒が　逼っている

容赦ない　その刃に　割かれながら　纏う

青の　近接の　定位の

変容を　改変する
仮構へ　対蹠を　撓む　嫋やかな　虚構に

出立に　纏わりつく　渦流に　生まれる
虚ろの　粘度は

射し　照らされる　脚　有つ　ものへの
祝福として　来る

言語が　降りてくる　言語に　生まれる
相に　剝がれる

宙空の　蜜を　切り開く　方位は　顕れの
豊饒の　名残りの

裡なる　齎しを　　裏打つ　滲出だろうか
呼ぶ　距離を

生む　祝福の　生誕　　告げる　　名付
けられる　　痛み

対面する　語り　　色彩に　載せ　られる
分光に　自ずから

託される　　その場所は　祝われて　ある
いくつかの

局面　　告げられ　ないが　　たぐい稀な

質が　成就され
変転する　生起を　　何者も　気がつかず
急ぐもの
促しに　裡に　翼の　生える　　円蓋を
繋ぐ　廊を　駆ける
その　連なる　　高天井を　並走する　色
採り　どりに
裂けた　　床を　打つ　蹠の響き　痛覚を
付した
ものが　悼む
淵を　　綾に　織る　　足取りの　運びを

色価

照応が　自ずから　定められて　来る
悍ましく　充つるものを　掬いあげる
方途に
味わうことが　奪われてある　そこに
匂い立つ
彩が　促す　色価《valeur》へと　測られてゆく
抽出する　描かれ　綴られる　遥かな
応答を
確かめる　裡に　乖離とともに　包む
皮膚へ　より充溢する　血が　明るむ

引き渡される　皮質の深み　過不足を
充たす

追う

記憶は記憶に　足跡が足跡に　重なり
根もない　流音が

声と交わる　閃き毎に
刻々に　留められる　広土の　無限に

さざめく笑いが　互いに
一瞬の　縺れる飛翔　幾重にも弧を

卓《テーブル》の向こう　広場の
地面　擦れ擦れに　小禽が　蝶を追う

踊る　渦　希薄な鼓動　ヴィトロ《vitraux》に
堂の　薄　暗闇が　開く

裏道の石畳を　辿ると　広場まで来る

テラスが　面している

レストランは　庭から　いくつかの
昼の　設えを　散在させる

連なっては　薄れまた　始まる　聞き
取れない　談笑の

単音が　胸深く開かれる　鼓膜を打つ
昼食は　贅にならないが

胃に潤い　空腹を　わずかに今　快く
満たしている

ラインの川縁り　切岸の
聖堂に　連なる　家並みから　ひとつ

道を隔てて　漂う
緑青か　鉛の　腐食しつつある　匂い

薔薇窓に　細分する　黄に
徴す　螺旋を辿って　ここまで来た

虚構

いのちが　向かい刻む　接近の　祝福
凡ゆる　聖堂の　正面《façade》　不死

死と消滅の　道すがら　自らにさえも
記憶されない　不壊の　成就

凄まじい　忘却の　行《ギョウ》を　彫り進む
陽の　虚構に　沿う

愛おしまれるだろうか　転位を成した
至高の　被服のみの　纏は

粗鬆の　作られものを　排して
自ずから　授かりくる　示唆に　運ぶ

亡びの薄衣を　着けて　行く

浮き彫りに　充ちてくる　応答の

明るみに　炎える　その　ささやかな
約束事は　果たされたかと

透徹の

齟齬は　密やかな　時刻《とき》の　午后に
解き難い　重畳を　晒す
わずかな者が　見分ける　分光に
生命《いのち》の在りか　を
呼吸する　そこでは　色彩を
透徹―　前方へ　垂直の　近接が
割る　重なりが　剝がれる
（なぜ　それを　問うのか？）
河底は　祝福の鐘に　響めいている
街に　まばらな　通行人が
往来する　水波は　映る
剝離に　顕われ　重なりの　間隙の
透過に　構築が　支えられる
その　全―凪　真昼は
遠近もなく　眼前に　見通される
曝され　染まる　指を　差し

分け　難い　秘の　重なりを　剝ぐ
そこに　光の血は　背後から　来る

陽の条

梳ける　木洩れ陽が　木製の　卓《テーブル》の面に
時折り　箱状と　思しきものを　起ち上げ
一部は　側壁をなして　囲うかに　見える
過ぎてゆく　時間《とき》の　そこここに
予期されない　明滅の　網　心臓状の瘤を
つくっては　揺れる
(告げなかった
一瞬　斜に　陽の条《すじ》が　やや上気した
頬を　擦過し　その時　それに　傷つけ
られはしないかと　危ぶんだ
肌理こまやかな　指が　フォークを　操る
(うつくしい　枢のことだ
勿論　自身の　為に　特別に　注文した
それは　たぶん　約しい　彩となるだろう
織りなす　陽光《ひ》は　卓上を　四周から
脚下に　雪崩れ　落ちている

時折り　滞っては　行き先のない　時々に
地底へと　向かうのか　地面を　這う
（ささやかな　祝いの　食事の　時に
その　レストランへ　来るには
黄色に　特異な　ヴィトロの　カテドラル《cathédrale》の
昼にも陰る　傍の道を　辿る
口腔に　屈託のない　笑いの　種《たね》が
今しがた　撒かれた
明日　発つのよ　やっと片付いたの
ラインの　懸崖の上の　テラスに
昼過ぎの　少ない　客たちが　囁き　遊ぶ
あなたの消息を　久しく　聞いていません
手を止めた　彼女は　弾ける笑みで　訊く
中空に　小枝の　陰影が　散る

不壊へ

差す　陽光が　背面に　陰影《かげ》を　鋭利に　研ぐ
澄まされる　縁の　硬質を　追う　手の　所作を
繰り返す　度ごとに　正面《façade》は　閾《しきみ》を　高める
夥しく　重ね　消される　涯に　容れられる
一条の　均衡に　砂粒は　隈なく　一面に　浮く
凪の　祝事に　列序する　不壊へ　赴き　耐える
佇まいを　得る　果てしない　近接に　削ぎ
落とされる　視覚が　透き　揺るぎない　返却《かえし》の

ルリック《relique》

吊り下げられ　そして　或いは　封ぜられて　ここに
異種の　組成は

天《そら》にあって　授けられ　復　それは　地の　深みに
生《な》されて　いたか

降り立ち　曝されてゆく　足取り　遣わしは　明か
されず　奇跡は

彼のものでは　ない　浮遊の　素性は　血を　流す
寸分　違わない

苦難の　被《こうむ》りを　科し　尽くされ　人語の　呻きは
唇に　擬し　漏れ

零れる　遺物　告げられごと　ここに　了え　得て

鎮まる　白亜に

聴音を　幾ら　聚めても　聞き取られえない　天上の
秘められた　化合

吊られ　また　棚の　器に　封ぜられて　揺れている
見知らぬ　周期は

壁の　瘤

始まりへの　未了にさえ　既に　そこに
徐かに　潜まり　射し　向かっている
建物は　幾たびかの　遺構の　部位を
裏庭へ　抜ける　通路の　脇に　保つ
崖上の　架構へ　眼下の　河流の　翳を
しなやかな　陽光が　汲んでいる
飲み干す　限られて　あることの　渇き
対面に　言い及び　交わされる　声の

端緒　先を指し　放たれる　花冠の
花茎の　尾に　羽持つ　ものは　群がり
血の　立ち　さわぐ　覚醒の　行方
埃に　半ば　埋もれて　見分けがたい
壁の　瘤　隆起は　告げられようとして
遺された　声音　喉の　脂質に　包まれて
深く　剔り　入り込む　その地の　歴
ついに　指すべき　方位なく　弾ける
空無を編む　華やぎ　歩む先へ　引き絞り
矯められた　識は　遥かに　容れられて

楽曲

鈍い灰色の　鏡面となった　石畳は　歩みを　倒立して
深みへと　映していた

魂魄に　境を　浸す
或る　音に打たれ　次に　立ち上がる　楽《がく》に　揺られて

匂いたつのは　中庭を
挟む　建物の壁に　影を　落とす　薔薇の香の　混在か

一面に　充たす　濡らさない
液体は　かつて　病を得　今は　床に　名のみを　刻む

人らが　縋り
求め　施こし　溢れた　霊薬の　残りだろうか　様々に

秘められた　受諾の　鎮めの

委ねに　応えるべく　託された　楽曲を　屈み　拾って
陽射しの　降り注ぐ　裏庭に出る　そして　眼下に臨む
河の　きらめきに

抱き止められ　今し方　過ぎた　暗い建屋内の　夢幻に
浸る　消耗から

覚醒しつつ　確かに　再現できる　音の連鎖に　その時
徐々に　慣れてゆく

陽光が　至り　充たす　河域の　空気に　咽せ　ながら
捧げる様に　口ずさんでいた

地—を

彩度を　貯め　吃水を　越える　色彩が
物象の　表面《おもて》を　離れ
（樹葉の　指から　朝が　昼へと　熟れる
炎え　終えた　縁という　縁が　固有の
色に退き　白昼が　至点を　過ぎる頃
（火急に　走る　まとわり　くる　災危を
告げに
急がねば　ならないか　街の　往来の
騒めきが　寄せてくる　岸岸に　沿って

（鐘の音の　予兆の先は　未だ　示されて
は　いない

橋脚に　上ってくる　波紋の　映えを

（確かに　胸を　昂り　あの時　その橋《そこ》を
渡った

歩を緩め　ひととき　息を継ぎ　覗く

（蘇りのない　ひと度に　尽される　回帰の
談笑

水面の　光の綾を　虚しく　編もうと
する

（その人は　既に　街を去り　そして　地
——を

鼓動が　なべての　忘却を識り　鎮もる
滅してゆく　音が　河深く　響む

地に　刻む　陽の　歩みの　差す　鋭利な　輪郭に
炎えている

干からびる　個　一匙の　土の　錬金の　方位が
招く

転生を　その痛覚に　なぞる　枯れ果てる　ことの
ない　欲望に

漆黒の　影の
背後に　巡る　予感に　焼かれたのか　―不死の

―不死の

捉える　霊気の　無限の　階調を　大気の
内裡に　蓄える
それは　告げられた　ものではない
とよもす　鐘の音に　隠されて　空《そら》の纏を
脱ぐ
血の　溶出が　脈打つ
翻える　分光《spectre》の　階梯　その窓は　密かに
開けられて　明暗の　無辺を　呼吸する

微笑

無論　そのことは　くり返し　備えられた

すでに　透きとおる　身は　立ち去る

与り知らぬ　ことだ　その一切《さい》　切りさく
通過の　境に

微笑に　充ちて　安らうことの　外《ほか》は

きらめく　無縁の　海波　重畳する

足許に　触れえない　ものとして　手指を
焼く　花

幻視の　味覚の　纏わる　しぶきを　脱ぐ

保たれた　スペクトル《spectre》の　残り香の　他
仕掛けられた　差異を　微塵に　鎮め
遠く　真昼に　匂う　星々からも　遥かに

空白に

空《から》で埋められた　柩　定位　水平は　採れている
いくつかの　点と線は　起点のみが　ある確信を
持って　措かれ　また　打ち　引かれている
（それらは　留められた　うつくしい　鋲だ
始まろうとするのに　互いに　捉えられない
呼応だけが　空無を　織りなしている
（印された点は　血の赤を　吹き出して　四周の
青緑に　たちまちに　呑まれる
齟齬は　厳然と　張り詰めて　自身に　切り入り
原初の　空白に　血の蓄積が　透き通ってゆく
（人ひとり　容れる丈を　保っている
紙片に　描き残された　拡張される　図像に拠る
絶え間なく　抜け落ちる　側壁を　指示する

一対の　緋

今　窓枠の　桟の　輪郭の　鋭利な　陰影の　線を　成す
縁に　黙されている
語りさしてくる　口唇の　動かない　声
喉深く　柔らかい　光の　一対の羽の　映えている　庭
線形と　成る　そこに　撓み　連なる
あれは　廻廊の　一部　柱間に　見えている
蹠に　すり減った　石膚
石壁に沿い　咲く　薔薇の　花弁の　結びを解く　間際の
露の　曲面
下されている　声　交わされる
杳《とお》い　虚《そら》には　既に　醒めている　黄味　帯びる　朱
未だ　影の　部屋に
飛び立つ　喉の　一対の　緋
窓枠に　映る　露の　溶解を　湛えている
床には　なお　覚めやらない　肢体が　延べられている

衝撃を　緩める　漿液に　浮かべる　美しい　方位
歩み出す　偏光の　膨らみに　捉えられた　花の
渦流

指先に　圧し出され　認められる　無方位の　指し
示す　照射

昼の　溢流の　遥かな　構造の　組織が　射す
広場に　ささやく

海溝に
開けている　戸口　微笑む　圧に　牽かれる　ノブ《knob》

押し出されている
渦状の　花　無風を　拾う　指間の　昼に

視覚の
直面で　無限を　治癒する　一ひらの　無限遠の
陽の　光の　満ち干に　導かれて　跪きに　眼窩を
焼く

窓枠に　陰影する　黙しの　淵の　撓められた

階調の
有限に　回廊が　淀ませる　祝福は　開けられる
湛えられてある　冷気の　階段　裂かれる　閾《しきみ》の
往還に

潰えることの　無い　予めを　陽に　穿たれた
直截の　生死《しょうじ》

白日の　石は　等価の　波動　を　死ぬ　至点　の

全―纏い　陸の

白昼の　ノフラージュ《naufrage》　死の　後の　永さにも
壊《え》す　継承の

慰藉の　飢餓の　刻まれてある　陰に　映え　明るむ
意識―死に

90 9i

後記

書（描）き留められようとする、その委ねられてくるものは、文字によろうとするのか、線描においてか、もはや定かではない。

相互に作用し、生まれ、侵食する、空虚を流動させる。

それらは、生（いのち）が、或る永い返済を成就する為の、震える刻印のようにも見える。

二〇二二年一二月

著者

意《い》識《しき》—死《し》

著者　鈴江《すずえ》栄治《えいじ》
発行者　小田啓之
発行所　株式会社思潮社
一六二-〇八四二　東京都新宿区市谷砂土原町三-十五
電話　〇三-五八〇五-七五〇一（営業）
　　　〇三-三二六七-八一四一（編集）
印刷・製本　創栄図書印刷株式会社
発行日　二〇二四年十一月三十日